石川　透　編

室町物語影印叢刊　2

善光寺如来縁起

長光寺如来縁起

抑信州善光寺如来乃起をたつぬ
るに中天竺毘舎離国に一人の
長者ありけり其名を月蓋とて財宝豊満之
その城のていたらくをみれはいらか稀れ
門をそびへてめくられいくらあまたやうかして
黄金乃柱をたてて金の椽をうつし庭をも
摩尼乃木尾をもちひてあそひて金乃
いらかの玉のまどさし壁をもて白くきらめき
まさこにハ金を敷ならしし黄

金銀をちりばめ入れ障子ハもんしやの銀襖
押山水東之海道屏風の水盤ニて
師子馬形をえがくも書つらねられ
庭にハ鶴亀をそゝきのしのぶ松を
ちらし大竜様をあふひ植の塗の金銀
こまと枕を珊瑚にてひろく海へ床乃
座にも白銀の摩尼をちりばめ書院
宮殿にも金玉銀みがき瑠璃波をかみ
宝宝をまもり一かう屋をわたろ志かりと

いとゝ長者年ころにて男子にても
女子にてもなかりしに長者の女房年十二人
ありけれ共年二人ありてそう代金銀とこそつく
りさらつ珠玉をいそてうかきらう安楽し長者
半にして女子一人出生し給ふを如是を
寵愛してうあいかなく神ほとけへ
とさそてうとん若小毎とへすかきいるの
うらかゝせくこれからはかく長者れ
一期の宝二千人こそうちて是をいつく

思して毘舎離國(ひしやりこく)の上下萬民(ばんみん)ことごとく
悩みよ悩みぬるが終(つい)に紫(し)源(えん)氏の
らちに座し給ひし成就(せいじゆ)しをきこえつく
くちらいさらぬらくに水精(すいしやう)山の月に照(よるけ)して
色(いろ)成仏してとらく昆明池(こんめいち)の蓮(れんげ)を寄せ給ふ
色をもちにて淵(ふち)を秋(あき)のこれなく荒神(こうじん)今すこしの
太子春宮(とうぐう)の淵室より后妃(こうひ)に捧げる事
色てさらし宣旨(せんじ)をうけ給ふ時(とき)又父母(ちちはは)
花と悩みこさつき今(いま)かくらん宣旨(せんじ)をかへすこと

女子は人の面目に似る事是なし去かれん
我朝の形にとつて二人ともさへ女子の形に
継縁つこまとを定めし徽子より十二の歳の
今に至るまて秋の月のことく掌にもり乃
玉のことく是を愛し一日片時も力ならず
そたてて紛りて力字なる月のことし
九つの日まふこ雲の上にいまよふとふ道をこ
何のうしをさり篭さこへとちりし限りし
志かりして後丈夫の是を見し女なるを

依りて朝の夜かくれしとも眠る事なく
うつくしさは天明て九枝の灯をかゝげ
三更乃かねにおどろかされては筆を採りて
千秋万歳の乱舞を習し秋の夜を
すゝしうんせんを奏して胸をとう法度
緒て倫さと云ふかなふ所なりしかは弥て三才の
出来をいたさるゝ遍羅乃事ともまた色と
よし〔てんせうのことすそふかきを海へ
いろいろ花かに風うらくとりけ筆のかゝ風

そくさいゑんめいに長者現世をのそミ
けうをとひに後世をいのるのちとりてさらに須
仏法僧の三宝にゑしとしくきやうしんせい一乃
ちちんの所に仏法をうけつたなく法を修学
世尊是をみそなハし給ひて月蓋長者を
利益せんとて智恵第一の舎利弗尊者
に仰て汝月蓋長者か館にゆきて
是を教化せよとある舎利弗仏勅を
蒙つて長者の門に至りて月蓋に告く

ならふやうに人あまねくひとにあまねくさけはなれ給へ
人又我にあまねくさけはなれいやしうらうれ
行を修行せんとらうしとて遁れにけり
世尊くしき舎利弗をして身をほせんと命
憍梵波提をせんしやにかもしゆきゝ経その仏勅也
跋提旃遮婆の身君の門に立らにつり
是をしるしまいらせてたつりて又羅睺羅
旃遮をはかりしめにに身着のいかく
これも浄飯王の孫にぬにはをかしめ

一

我か来迎には、総して倶に供養すへきに
このほとけをもつて是をしめしくたまひて並に
迦葉阿難羅睺羅目犍連須菩提等の者
其外大阿羅漢菩薩には文殊弥勒を
左右にともなひて大光明をはなちたまふ
広大の門に善悪に来迎し給ふ事をあらはせ
思惟して云く世に来迎あつて十方浄土
乃至ふさうやまひやさふにともをいの
御弟子たちに我朝の門には来迎し給へ

人はそふくゑいやさんよりこくいりかへり
あへらせんとてかうろの盆より白米成
もりすそふ来あらせんとせし文にふや
いやく須達長者のちから仏よりあらやき
七度食さうらふ我らかの不足にてる
仏と依せんや須達とらくあるて
後悔せんよりもこそ弥羅ともしまこと
追つとて万徳円満の妙体仏力も及つと
せかしく大林精舎にかつてせ給ふ

爰にてある下女茶をたてゝゐたりけるかその
茶の洗汁をほふりすてけるに仏下女か心
さしをかんし給ひ彼に受かたく成へきみ
三月志のくしあひ給てその下女か
いくとせこゝとゝまりて讃しての給はく千歳のゝち
必当来にをいて五眼具足の明王のうつわとなるへしと
授記とのたまひしさて精舎にいりてせ
すてに千二百人の大比丘衆二万人の大菩薩
釈梵護世四天王諸天に是をはしめとせ

給ひ世尊ハ池をうちまもりの下女の
かくてこそ水池にうかへる女の
うらうらく今に池もうつくしき首ところ
その身はうれの水目犍連か神通力にて鉄首
のかうせあにかりたさいつまてすとも下女の
いさゝかのと請書かそ絵を尽かりに
毘舎離城の月蓋下知にまかせて
如来を供養したてまつるの一人金をなして
釈迦如来にして三尊を絵に是にかつく

諸魔疫神(しよまやくじん)のしわざといひならはせ
得(え)てしかも受(うく)ることしれ人民(にんみん)を
あやまらす張(ちやう)命(めい)をとめつときは死人(しにん)の
病気(びやうき)といふハ元来自然(じねん)に病患(びやうくゑん)
をうけその病(やまひ)の本(もと)ハ土(こ)精(しやう)病(ひやう)さ忍(な)れく
うれへ積(こ)とハ一つは臼眼(まなこ)わくして血(ち)の
ことく二つハ左右(さゆう)の耳(みゝ)よりうミをなかし
三つハ鼻(はな)より血(ち)の出ることなく舌(した)すくみて
声(こゑ)なうそ出して食(しよく)をとることのことしくせ

こく識あり六根(こん)とちふさかりてあ我
酒(さけ)に酔(ゑひ)ぬるごとし恙ありして病(ひやう)人(にん)の
たなそてくなくるてこゝろのとくありけまこ
あらてきこえしら日(ひ)を出し人命あらめと
もとふ病(やまひ)さうらふよりて病(ひやう)人とをし居(いわう)我
しとゝ門(もん)外(ぐわい)出して死(し)とさる人くわを
ひくわもしさり行死かゝの道(だう)路(ろ)にし
散(さん)乱(らん)して稲(いね)なりて手(しゆ)足(そく)とくへく惑(さう)財(さい)ぬ
なしつまかりてとて眼(まなこ)をつふりて

南北(なんぼく)にふらし死(し)ゝてそねのくさ風苦てく
かうひ骸骨(がいこつ)ちまたにみち人馬(じんば)の
通ひ路ゝら貨財(くわざい)長者(ちやうじや)ゑんゝみのうちさめ
とかくそうめされ病(やまひ)ふみおもく私名そやと
こゝに近者(きんじや)あれども其甲(かう)そいはくよこしきの悪(あく)
鬼神(きじん)人にとりては病へせこらう長らん
是(これ)を鬼(き)そ衆の鬼神(きじん)体中(たいちう)に入(いる)飽(あく)せてと
て方数(はうすう)十町のにいらせらに軍兵(ぐんぴやう)数多(あまた)
ひけにめ十二里(り)二十二里小甲冑(かつちう)をつ流ひ

いふもさらなり猿してあまたところさらにあらく
あゐいられ苗ともさられ虫稲病にかゝる
新く大風に草木あれうひくわうしくなり
時にいふらひ是ともかんのふに世批とおれ乃
疫に流魔疫神使をとゆるに疫食らん
羅愛のひとて如是行善に疫病
我らつけ汁のありさうして疫神雲上兜の
天形星都践國乃武荅天神北海のあん
牛頭王感應園乃邪毒鬼神氷冥神

三有として紛紜眷属雲霧のごとく
乱入金剛鳥飛竜毒蛇流の鬼神
そのごとく鐵の鉾剱鎚としもちて玉砕と
ころもきて七珍と備へ一甲厳にはなからら
めてたのいくらの穀くふかゝくて珠簾の
みなならかひきらやうのらにみえ入
日月ならひてかく如是にあそうやまひせられ
時に長者耆婆と云ふ発意して請し
衆生をめ快気のうゝえめんとなりて

そもそも此巻は嫁しと云ふ錦嚢なりけり乃
西域の志ゆゑ心ざして旅人をたづねけ
百草といつも孝子のかゞみとこれいらう
殿にはひろまりてとりあつかふの諸病平愈して
月並此外医術をなし金銀をはじめ珠玉
ほどこし医薬のかうを発きはじめ一国を
伝せしめ業病されし良薬秘術なれをさし
かしそのちからなき延陽師の号をよび
せう人いろいろてのいかう事もよろしく蓮気あく

しさいにのんかくれとともに所のかならんけらし
よろこひ袈裟らを爲にはなれとしたうらん給ふに
阿ふ五百人の弟子このものなんはりのまへ中に
歓喜もうらん喜悦して万歳を唱えしへもうらん
異口同音に申ていはく大林精舎にましまして
釈迦如来をしやうじたてまつりて病苦を
すくひ給ふへし仏請合ひ給ふは我か力にあらす
後の世のためにも有と閻浮に申さるゝ
月蓋是を聞よりも驚きていそきしかは

如是御前の命にかはらんとて、精進の貴賤
たのもしくおもひて、あめをのがれ、其時眷属
出でたる時は、はや参りて、急ぎ仏の
御前へ参らせまし〳〵と有ければ、長く
いたく以前の此仏色食を来臨随ひ
まゐらせ候へと追ひ入て、ましてまゐらせて又仏のみ
事なれどもとかくたゞなりとて
仏もなし、六波羅蜜の中に、忍辱波羅蜜
と云経の道をこそとゝもよく深くひと

悦ともおほしめされ候参籠せられ候みことに
おほしめされ候慈悲を垂くたされ候へ
め是御前おほしめしくたされ候つさ候なとく
参詣有へしとてさゝまてに長者もさうらえ
しめらしも講堂をはしめとして大林精舎へ参詣して
仏天眼をもつてそろかへふ力んおゝしに下衆の
橋のもとに車をとゞめ長者の老僕
待かねふしてまゐらんせ精舎して是を
を我とかし給はつ舎利菩薩らんれ給ひ

我々をも遊ひへ入て慳貪月蓋なとゝ額に
其比五十余りを過てきても長者此比を
安く富ん財に行事し後悔のおもひ
こゝろめてたく座して外仏に詣て礼拝
殊に合掌し世尊の御顔を見奉る
時に釈迦如来長者に対面まし〳〵御
汝いつまの因縁によつて今度来りたるや
もとより仏に揚柳南無帰命頂礼無上
大覚尊それ長者に一女あり如是と名付く

總して今此称名を受たまはる師範は本師
釋迦尊一切を憐愍して仏中の王紀
罪障を消滅して如是の病苦を助給ふを
抑我影はぬれはいつてあひひさしは幾万人
あきれはてたるありさまにも仏恩ふかく思ひて
ことさらの世尊一人をたのみまいらせていつくとも
三千世界の衆生の寿命の是をたとへは
さるやうに會者定離のならひにて生者必滅
菩提是娑婆世界のならひと思ひ知とも御留

発菩提の心ふ出家せんとすましとても
恩愛かの物つき事遅ら〳〵くこゝろ偏を
一世の父母最期と見えてそれのと終り其のこゝろ
もし天ふあふさき地ふありて佛力ふまかせ
かなしみを我しも觸亀ふ論りてもなけせんを
こともへつれたる親ふ世尊なさつく〳〵
昔我も尸毘大王として己を鳩ふ
このかの薩埵王子として飢ゑる虎ふ
身をあたへても我三千の世界ふ悉く

縁念とするもの也然るに衆生済度
のためなれとも難行苦行せられ衆生の
為に功労ハさんらあまりふかうけくる悪業を
滅く方法を知せしめらるゝ事ハらくへしまさけ
是より西方十万億土を過て世界あり其名を
極楽と云其土に仏ましまして無量寿
如来と号し左右の御弟子を観世音
大勢至と云今彼方に向て罪業を
懺悔し名号を称念し彼仏

ありつきを注しまへ御娘とほし給ひ
諸人の病患もことことく消滅すへしと
おしへ給ふ長者世尊にふかくしへ海をせ
扨も小湖の西方にむかひ香花燈明を
されは四句の伽陀をとなへ願救我苦厄
大悲覆護一切　普放浄光明　滅除癡闇冥
南無阿彌陀佛と十返称せしむ此に
西方極楽世界の阿彌陀如来月蓋か
称念を唱へ給ひて十念の声に

應して六十万億那由他恒河沙由旬の
仏相好はあらはし一丈六尺に聖容を示し
左の御手には刀劔の印をむすひ右の
御手には施無畏の印をむすひ須臾の
間に長者の楼門に現し十二大光明を
あまねく毘舎城を照し給へるこれ金色
世界乃ありさまなり諸魔外道障
碍をなさん事はかなはされは如来の
光明は法界の光明にみちて平等覚経に

法王の光明に摂められて百億万億の大千
徳光の機縁として諸形度神の光明の
徳に塗毒薬獨に入るごとく心身悩乱し
もしは志こゝろにけさり然時に阿観世音来
大神呪をとゞめさせて
消伏毒害陀羅尼　破悪業障陀羅尼
六字章句陀羅尼也云云
さるほどに観世音来現ありて御せて
左観世音右大勢至の二菩薩の化身に

應じて同じく廣長の舌相をあらはし
化仏三尺の形像に現じ一蓋荘厳あらく
般若梵篋印をむすび定恵の掌の中に
眞珠の華蕚をあらはし御身の左右
に結之しかうして楊柳の枝にかゝりて
圓中の病人にまつはれり如是
に御前をこそしめ流の病人如来光明にふり
てしかれば六根中のやまひことごとくに平復と良に
身心安楽の相好を具足したまふらん

ゆゑに一つ不二を観想して光明天の功徳
天女のちから是によつて摩尼遊戯
乃ち不以て近衛下五百人のまた
一同に摩訶の洞を神にかへりて
信心の志胸にこめて文庫と
いよいよ深く忽に平生一度と出て
如来を礼拝しすゝめ勧に山林にこもり
し死人もすゝめて擁生し樒代
出家して如来を礼し廃に弘毘舎離人[illegible]

平復如本是を迦と修りされたる末代
悪世の衆生を利益せんとおぼし給ふ
三尊ことことく毘舎離城の門に住て
給ふさるほどに国中の人民如来を拝ミ
奉らんとて月蓋長者おもひ相集る
その雲霞のごとし五天竺より王臣
或ハ婆羅門居士比丘比丘尼優婆塞優
婆夷四部の弟子まで来り参詣し如来を
満々たてまつらんと集来して御様ハ毘沙門

天王持國天王增長天王廣目天王合わ
よろひをまとひをう悪いし平等にむかへし
住まさせとゝもちその外二十八部神王
万億恒沙の善神てんひやくら等と
ふゝり宝方とこめ難陀竜王につひゑ
しやから竜王等の大小の竜神仏法護
持の諸天善神百重千里にうゝ囲く
如来を礼拝し諸法の妙華をふらし
乾闥婆王楽乾闥婆王等の楽人

六十余人を率し笙笛琴琵琶等の
曲を奏し絃をたゝきんらんの梢り
妙花飛乱し異香四方に薫す
如来の光明にてさまさまとゝゝのへ
極楽の安楽世界にうつさしめ
月蓋長者心中のあはれみをもて
ちらく流水のうきことをとき世尊にかへて
いたく之尊にきていさゝかとゞまるく
まうり童子を報し法をたまはりてハ

世尊慈悲出世したまひしハ我執を解脱し
世尊ハ後生なけき言く善哉くらし沙
輪念滅まことに経をくりかへし給ひ来乃
ハ世尊経を閻浮檀金をもて鋳ものに収め
とて神通の目連尊者を龍宮城へ
はつかハしたまふ目連仏勅を
うけたまハり龍宮城にいたりて乃宝宮の
たからをかそへ八万四千の大蔵小蔵をひらく
蔵をひらきし宮中をちらさず宝蔵ハ門をちらさん

このふに食足兵足といふことあるとそのかた
こんなうか力士のことく強くして目連あんて
なんもよろ意かれんとおもひれしこと
おもうことかなふ是はよろしく平足兵足
言成あるひとくちはしつかはす附目連
城中にいらんとおもてことに修ひかん
是によつて目連非人屋にとらし
交中にいらんと思しけに下に楼の
こゝろを和きととめそく差むくつられ

長老目連に向ていはく　それもこれを
いのちある人ハいはく　まことにまめやかに孝養と
諸天衆と菩薩衆もくるまに人の説法に
あるハいはくきき歓楽に御らんへとうたう
目連尊者涙にむせびて陰陽の名はにさうふの色
きうせんへそその名諸天にやうろう龍王
自縁を使徳と悪魔に法を念に
善師と目連には悉く仏の弟子
西方極楽世界の教主あみだ如来

東天竺の末に須弥の山の麓に大きなる泉あり
を閻浮檀金とて頼まれ末代に至る
滅尽の時も利益せんと云名の金なり
の前に善心の供養として供養の為に
上件のごとくてうど紙に龍王伝良よ
閻浮檀金ハ竜宮城の宝蔵といへども
仏勅を承りて一つとてこゝろ宝蔵
戸をひらきて自身に是を出し
閻浮檀金ハ一千七百余世なるにさる

極楽にはさまさまの色とて黄金(わうごん)を敷(しき)つめたると
目連(もくれん)にむかつて仰けるは世尊(そんしや)金をもつて
よそほひ給ひ黄金(わうごん)の池の浅からぬ世界(せかい)の鏡(くわんき)
微塵(みぢん)のしらぬ時にここに彼(かの)金をもつて池のかみに
なれ三千世界(せかい)に満(みち)ちあふれてけるを
こと如来智(ち)恵光明(くわうみやう)をかゝやかしたまへて
世尊(せそん)又眉間(みけん)白毫(びやくがう)の光明をはなち給へは
ちに閻浮(えんぶ)檀金(だごん)の大光明(くわうみやう)にて
かれともまして黄金(わうごん)にかゝやき時にして世界(せかい)

三昧定に入 仏の六度四摂十力四無畏三十
二相八十種好内証外用功徳荘厳を観
尋ぬ種々禅定より出て之より利他の
ためらんと凡夫に入は出仏の法尊教り
かをたかく世尊の法眼にてこれを見んまけ
うきよとふに法界来(てこ) [illegible] 縁に中仏
あらはれて三身仏のいつくしき
あそ [illegible] 真仏又三身中仏を礼拝
経に来て二仏居各々にこそ来

光明を放ち神変を現し二仏ともに
虚空に飛騰りてのたまふ月蓋よ汝に
浄土より来ることはかくのさこの所
我に此かくしをかせ衆生を救ひて閻浮提
乃衆生に此れ善根をすゝめ済度せんと
教とてかく此教化をとけさせてもとに
帰り給ふと天にあがりきはに姫しく
おけくさるをひ長時にくるしみ来かけて
忘れもとく宿して須臾の間とせしてて今

本経を読まつりやうてかつら界かつ一と
附引庵として死んて貴君西方に
立給ふ月蓋歓喜させまうかく此界を
請しまゐらせ金銀七宝の荘厳をかざりて
大からんを建立し五百人の比丘を請し
六八弘誓の願力と仰きて不怠礼せしい
勤行して是世尊大慈大悲の善巧
方便にあらすはいかて我等今弥陀
此界の化度に観音に逢奉らんやとおもえせ

たゝめあんとそくに及五百人の長者あつまりて
毘舎利国中の人民ことく／＼く
大林精舎に詣てみな仏法をきゝ
菩提の為に入まて後月蓋命終
如来乃御前に詣やして喜捨れ人多
有為の生死無常を心に悔せしとといへとも
如来方便をふかく我執をとらへてしかも終へ
そのゆへにたゝ此度人多おもひとゝまりて
生死の道あるにとゝまりぬれは此国に

結ひ同意之同志世末代回向にまし海をわたと
そまつともしても又縁をそはこゝへ大重恩ゐ
銀しきんとちうひそんぬ恙られて
親類の誓願もかわしは身も月蓋れ
たかしぬ人の身に生し度をのかれ親族
宿縁のごとく同名同意之七代孫にいたる
其の身は年齢五百歳をへたもらひかし
国土より宣旨をかうむりてはさる事
ある我生死をはなるれは人々に生まて

身はいふにおよはす國王に生し昔にたちかへらく
らうのかくのそこにいたりて如来我
安楽浄土へむかへんと金剛に
これ我観音となつて成仏して百済國の
聖明王の生れし如来天竺を利益し
終りの五百年を経て是よりこそ天竺を

さる程に弥陀如来天竺にてかく
れ化導事をうけて百済国に飛渡り
国王ましまし難波の上に現じ光明を照し
禁中をかゝやかし給ふ殿上
人如来の光明におそれをなさゝるはいなかり
ひらきあやしや天変といはんとするに
孤雲をたなびき地震とおそれ国王
にふあらかはいさゝか玉体として知やき
にかくすおそろしさの御門に

かくと夢みて帝釈閻有さうかんに
名をもうすひ信たまはしぬをけるを
此に如来王宮に告くのくまりく歓楽
にあうらにかそてるのおもれしその教を
むかし天竺に名を得し月蓋長者ありし
ときき極楽世界ら我と請じ恭敬
供養を繕ふに今ひ世の華もゑら
十善の業楽にあそらえ長夜極苦を
おもひきひ敬しくらいらこく かきさ

畜生(ちくしやう)の三悪道(あくだう)にかへらんのみかは今さらに
今爰(ここ)に来りつゝありがたき我と心(こころ)ある天(てん)に
うれしや我名(な)をとゞめてもらくに往生(わうじやう)
もろくしと宣旨(せんし)に其時(そのとき)帝(みかど)宿執開発(しゆくしうかいほつ)し
結縁(けちえん)肝(きも)にてらし座して清涼殿(せいりやうでん)し
をしつまもひ庭上(ていしやう)にひざまづき王冠(わうくわん)を
地(ち)にはほしをやすめて礼拝(らいはい)しまつさせて
句拝(はい)するや冥加(みやうが)なるやかたじけなや御めぐみそ
さんさんさんかれ涙ながれつゝさと

ようらくは花をまとひたるかたち屋かく
清涼殿は紫宸殿の皇居と掃除て
如来を請じてそのつゝ雨風のいとひ
めく春をとめて弘とまく口称念仏に
さうらふにおよんまで御はす事のやうに
しるへて陛下皇妃采女三公その外
下部よ郎等まで南無阿弥陀仏ととなへ
はて六時礼讃もいさ清く念仏と
うたふところて立居にも南無阿弥陀仏

寂光浄土とかや、それは極楽成
妙ひけりこそたゞ尊大かんをはなり
如来をつしまつる高声にてつと見え
更にみ給んはあらわれさうなふへく
沈泣も是をいくさき内海につゝあら
王臣らんかのさとく和漢につゝまを
我とすゝ兵とすゝ南無阿弥陀仏ゝと
三途へは一天四海の土民まてひさうと
同しくして年月久しく敬礼ていつ

聖明王如来の御前にはしひき海つき
給ふやうこそあらたなりけるかなしやさしや
しやうそくめされおひとこうのわ
ありし時天竺にて我身は果報と
受如来の大檀那となりし事を夢にみる
さらに縁に執着に縛られ今あ報ける
ちかの御とふに如来は深き御慈悲に
付てさも有けるやと歓喜の涙をこそとく
めでたし　さらにして出世は幸とあり

十善(せん)の戒(かい)楽(らく)にむまれて三途(だ)乃故郷(こきやう)をはなれり
かゝりつるそのたとへハ後悔(こうくわい)あまたある
緒ハ楽器(がくき)の絃(いと)に生してもよしなきの
朕(ちん)命(めい)おゐてハ人中(みんちう)乃貧窮(ひんく)にしく
此戒(こゝと)ハしひの我世をわすれさとりをひ
あそひめ来の音楽(ちうどう)をもよほしせんと
擣緑(ちらひ)ハいつしかくる眼生死(めんしやうし)めくらひ
聖明(しやうめい)王(わう)出(しゆつ)家(け)御(きよ)からのふくそひむら衆(さいわい)王
宗(そう)明(めい)王号(かう)代々の臣を相続(そうそく)し皈依(きゑ)

獨鈷をし給ふは先帝に於て此
しらせ須利益同しくにあらしめ給ふ是に
よりて去年つねにただのみたてまつる
とらへしもけくはいくさ子音にさこのをとはれ
如来百済国の聖明王御利益あまをも
一千一十二回の星霜をへて給ふ王門
王孫九代目の帝を推明王と号し
如来推明王に授くらく此たれぞん
すそふにたてらつ是によりて東方に

雲あり然るに月なきことは彼岸に因縁

生熟せりかの國にいたるとも悪業の

衆生を利益せんとなるべしかの佛菩薩

附に上ハ安れのうちよりまた下を

凡夫を思ふさまに苦しみて如来に

われ人ともにかのしゝ天にあふき

此に伏して惟をといへせんとおい

こゝろも穢をも如来にかうらむと思ふ

離別のあまこゝに大海のとしもちらん

帝はおほせたまひてよろこふ
ものかくて往生ねかはくは
阿弥陀如来の本願をまもりて念仏
衆生の為に今もある光臨となられ
別時念仏をはじめあはれとおもひ
庵し是最期の勤しつゝ
在家に入正覚をとられしの紀をとゝめ
志をあけ念仏あれかし弥陀一向に本願を
あけ暮にいとく念仏まうしけるとそ

ゑのあふさをつくと過らんゆゑに
遠慶の旅人ゑいくにいとく只今は
ぬ年に懺悔を離れて又いしの世にゐつあひ
こそなるらん夢にあらはれてまこと
は尊形をおくらせんやまて
わくこゝろ心にわかるゝ栞をたのめを
たましひゆめこゝろ夢にあらはあかの
此をもそひぬ年を供養経をまら
わつひ、礼拝勤り爲んまん修行を

とる我く命終にハ弥陀来迎引接

利益成給んことハいちしるし今此

めまそハ別まゐらせ後又ハうつ仏像に

ひろひ香華をそる礼拝して色まと

うあくめもおろま西師ら行を

かし或日眠りて血のあこそとかや

おかしひ老をあまた流人ぬれ気を

雲ことうらる仏殿のほらくハ安に

仰く天地の中にかゝるへら後こそも

如来構へて仏国へ行て庵をさらし給はく
仏滝道あまし かくかまよろ子人乃
高僧のくし開帳より如来をかりまし
まうて外陣にかりさして如来を拝まう
事足へ今升之供養しまうて事を
まいらせかうし今志くと又開帳へ
入まうて如来寺の長老に告くきく
て築まうひちにまうす時も人の後て
古好し孤雲にめうくうく天にあし

東路今文字乃縁乃月中乃衆生を
利益せんと思ふに何事かしかるへきと
かなひらかなを渡せと仰せける
是によりてあまねく人乃朗詠ふかく七賢
乃こゝろをよく家業をあらはします
天王后月卿雲客一子の朗詠とすゝめ終
賤男賤女にいたるまて面々に数寄もつ
あさきをなさけ草木にいたるまて
折ふしの哀をのへ最後は仮名をあらはする

時にふれ晩鐘(ばんしやう)のひゝき八旬(しゆん)にをよふ眉(まゆ)に
八字の霜(しも)をたれ頭(かしら)に雪海(かい)をなし
たゝ孫(まご)にあつさの弓(ゆみ)をとらす鳩(はと)の杖(つゑ)に
すかり来る人の寿算(せん)をかそふ老眼(らうかん)に
あさましくそらしとめてはいろくあり
かゝるきのふさためなく老少不定(らうせうふちやう)のよ
所(ところ)をはなれてあそひは胎内(たいかい)にやとらせられ
ものゝあはれ或(あるひ)は胎卵(たいくわい)に生(うま)れて死(し)ところ
これみな我等人間(にんけん)に生(しやう)年(とし)八十に

あまつさへ未来永劫(ゑいごう)久しくて
縁ふかうにし嬬(つま)も命(いのち)きえんやとて
といさまも未来しらぬなる
是(これ)縁(えん)に縁(いん)あまつあら縁ハ東(こうと)の
結(け)縁(ちえん)随まうに縁要(えう)し因(いん)持(しゆ)つ縁なる
為し我弘(ぐぜい)の勅法(ごう)ともつ置(うえん)をさけ
まつとも未来(らい)運(ごう)に縁ことそまく今
ものひとつ縁へと天にあきこうとぬを
う縁しみすそふことおつしいさこえるひ

おんぬ時にこそ音楽し花ふり
異香四方にくんじ聖衆来迎せん
極は楽にあらかじめ我らはゆき
めやうにめ来にさとられたるに老い
さとりをえて四禄すべし天の眼目すそふ
滅ぬ罪は成等除してもむねは宝国よ
永つきこ善業はみやうくらうふぬる福田
菩提の縁とせんとそおのへくふ
じせひ縁へ事なくせけりを如来は

日本に渡せしの始なり然るに仲哀天皇
勝かくの如し日域乃帝此を以て天
仏乃来るは和漢の敵を征伐しあると
こゝ中に金銀の種物と云物あり
紫金のうらんきものを金珠の
宝蓋と共に日本に渡してさらに
使者二人縫女二人渡船に来る
呉の織縫長仲衣参と云又縫女
幡蚕を制 百済国より日本帝

に献して表に云　紫金の一光三尊阿弥
陀仏像長一尺五寸勝士観世音菩薩
得大勢至菩薩各長一尺経論幡蓋
奉献白して万法の中には仏法最先也
諸道の中には仏法最上之是法難解
難入也周公孔子も猶知不給是法は無量
無辺福徳果報を生じ乃至無上菩提
を成弁す遠く天竺より三韓に伝りて
従ひ敬に由て崇もして天王陛下宜く

儒教もたえ〳〵し本朝に帝国に渡し信仏乃
経所我法は東漸して本朝に附使に貢献して
よろしく弘もすへき者也貢上如右之
三韓は　新羅　百済　高麗
すてに衛舟を出さんと擬する時皇妃
皇后采女侍女同しくハ玉座に居て
日月の光にそいつくしき事あれハ蘭土の
けしきを婦にほのめかしこうらん
宮殿に居なからへし小国流光下藩

いつそや見參にいりまゐらせし後は絶て御めもし不申候
御おぼれ(おぼれ)をゆるし給へと玉簾(きよくれん)より出
給ひて御来臨の縁(ごも)にて大海(かい)のそこ
深く(えま)まかせ長崎(まさき)にいりまゐらせ候
今年の小袖ぬぎ(?)て長き事よろしく候也
中のお大夫(ぶ)人(にん)大皇(くわう)大后(こう)宮にはき
今一度御めもし申かたくや
まことに源(げん)氏の物(もと)語あはれとも申尽し
光(ひかる)の君のことくなるはかなき世の中

今如来に別れまゐらせて光益をうけず
ふかきいのちにして三従の境を
たゝひ九品覚月に成てそのそれん
称かなはゝ忽ちに離別の愁をはらひ
かへし浄土の再会の縁とならんことを
最期の追供養しまゐらせんと法衣の
ようらくをひききれ両手をのへ
如来に捧まゐらせ給ふに落涙しなから
不退を出しことあきらかに七十余年

位の境界九重白波にかくれ[illegible]
きさらぎのめでたき仙女之百八十之人
一面に海水に舞をみせけれ会を加来に
まる有かくらりける神体之時に海上よ
紫雲たなびきひと竜楽のきこえん
西天にひらき仏生の瑞相服あらわれ
ことに皇帝万寿かぎりなし
道俗男女のうまれしをおがみ
草木も枝をたれ 華もえんとし

鳥類をとらへてもとむる塩浅あかき弦
のけしめハ春をあけなきけ武を
江河の流こそかくさるのそこを
出しこ海中の竜王をひとつふ
うみこ海とも去かくて日月星を
光線ハなさひ有情非情をかすこと
海よりひ根機の入滅ハ閑し時り
め来声の中ちとめく
宝の出現とうんわくあれとみそ

あらし大悲の涙をこゝろとゝめかね給ひ
こゝろく最後の説法をなし我名を
となへ念ると和雅の御声をし
流しけれはあまくぬくと海く
南浮會定離苦　早猒此土出要求
西刹常住不退樂　速欣彼土稱名号
はやふねにこそはなとこゑこ帆とあけ御船
さらぬさへ破船となさ波浪をわたらか
こゝを出せし帝王后鸞輿あれはこそ

如来よりたまはる光明にてらされて我等は
生死長夜の闇をといてん微塵(?)のあを
志つむとゝもかしこまりて生死をはなれ
きこえとひ安心をつむことに往生は
八功徳池にうかぶみとなれる如来の御恩に
御しまするや雅(?)あつくとあさからぬと
ほいらく哉やころそのもあく大悲広恵を
うちあふぎ如来にはなれまいらせざるをおもひみ
まきてまつりたくゆめのうちにして

あくよらかのるゆそうかにこそ有へき
るみしなく宮殿を花とさかへし
あくさあまら御殿いさうひまける
ゆつれとふめ来の御船浦んくころ
蒼海ふらめしき遙ぞしくまろ波濤を
志めく御船乃んを乃る数万れもみ
磯しみるひ乃んそ乃まら御船
乃んさされたる衣袖をなよそひと日域
乃ふそふなら世西海ふ竹く終たかるな

くはしき事はなをさらにひとしく経に
日本の御船風に任せて西をさして行に
百済国と日本のあはひ十九万里と
も旧記書華に定めて行ふされは識く
ころ諸〻ありしころなきまじきと
そのとき大臣小野国をもつてはかり
我朝欽明天皇の御宇十三年壬申冬
十月十三日未の刻に摂津の国難波の
浦へつけさせ給ふ日本に金色の

光界(かい)をてらし萬里乃海(うみ)とてもし
結ひて瀬(うか)ちらかふかふやきわらく
広(ひろ)風青(せい)天(てん)のもとし天竺(てんぢく)大唐(とう)乃
御利(り)益(やく)普(あまね)くしてめ尼(さのとよ)上

そもそも生身の如来百済国より一千
十二廻の御升遐を以て日本摂津国
難波の浦に着き給ふ于時我朝仁王
三十代欽明天皇を治め給ふこと十三年
貴楽元年壬申十月十三日来朝之
その時の内裏は大和国山辺郡磯城嶋
乃宮金刺乃内裏也百済国のせいめい二人の
勅使内裏の南殿の庭にひざまづきて
ちまくゆりつる牒状をささげひらうし状

養由と甚教育ふ　信学大乗万法乃
中にも仏法最善道諸道也中にも
仏法最善道乃玄奥之如在まく宗服
天皇是をきこしめし欽明きゆうらく
則詔命ありて艱信不同なりて百済より
のゝしりけるに仏像と文殊乳楽
すゝやかやかに諸臣一同してひとく
更にあらはれ仏像弥たてまつりしか
そのゝちたいくうらわかてうとあくかつん

ゆきそうにふるの夜くさとめてゝう
あくのはこひさんすゝやうにおもひ
へさうしとゝうきの時蘇我乃大臣
稲目の宿禰奏してわらく有文を
見んにふうし國の道徳ありし道かくは
恥とところ日本神國神明の感地を
給ふ經しさいはゝ佛法しへうつひた
あくれせいひなかてわらはこゝろの
仏像經巻是国中乃めんかくり

あゝすゑのよには粟散(ぞくさん)小国(しやうこく)なれと

人の心は愚癡(くら)にして神明(しんめい)の感知(かんち)としらすして

いらくおそらくてからしく山(みふ)をとらへかて

これによつて人のこゝろもやはらかにして

仏法(ぶつぼう)の深意(しんい)と志しさかゆへてらかに心

まつりことかくはされけつ事(こと)忽(こゝゆう)

信心(しんしん)ともしその忍(にん)ひし勅(こゝろのう)しく

百象(ちくさい)の皇帝(くわうてい)めてたく安置(あんち)し儀式(きしき)又

めて栄耀(えいやう)の代ゆるゝいときさかりめて給ふぬ

微妙の五十鈴の曲水さへられし新造

道場にいらせ給ひしまゝ王臣万民ともに

帰依のまことをあらはし世俗念仏の

和光のちかひとて帝王出世と聞え

縁も天子の御法ふかくなりつゝこそ

めでたき宮殿にまつりまつり礼拝供養

あまねくまゐる百済国の使者が如く成

そうまうしまゐらせしく船にさゝ海

上へふうかゝりけることとも(に)かくてきこ

そのゝち如来を蔑如(べつじよ)しけれは
院内(いんない)伐させられて百済(はくさい)の絹精(?)
の俗善神(せんちう)と國王にかへらしめて
称名(しやうみやう)念仏をはとゝめ悪邪(あくじや)悪鬼の儀(き)流(りう)
十悪(じふあく)をこのみ作善(さぜん)をはたしかるかゆへに
こゝにおいて長久(ちやうきう)あんをんに是(これ)なりて
年臈(ねんらう)を師(し)母(ぼ)と名付くそれかしく
剃髪(ていはつ)染衣(せんゑ)の身となりて僧法師(ほうし)となる
さるほとに又改悔(かいくゑ)ありけるに知徳(ちとく)充さ

是によりて三尊の如來眉間より
ひかりをはなちて十方を照し給ふ衆中
ことごとく金色の光あまねく照しけれは
又没光あつまりて金光となり君はく
りくねとくの身に星月一十九を過る
ありけるに因縁因業の後生先業深滅
のゆくへそれ法天下にほこれし擁護をそ立
方に大臣物部の守屋の大連ともにはかりて
はらくとしてひけつの寺をいくらかくとかし

形像をもて供養し給ふ是故にいん
ゑんにせ給ふときゝて百官万民
とおやまうしろうめるも極楽に人形の
形ありけるのしを華王へ参し形像を
うしなひんとそれなりぬ内裏へまいりける
きさや我のあらわして必堕無間獄
とありさてもあまりきさみふかくも仏道
衆生のつみふかくひとへにしてあともかんとて
能至佛道樂となりつきてもおもはしけれとも

此許志大臣大悪不道のことのおもむきとん
ともかく世界とうしまうんとて内裏に
まいりてやしていゝくせん称ん実ちら
わくしの心の我像御あ悪なりし許儀
すくく有悪もくし先帝なりとく神明と
あるめ経ふへしといふやすとらふ善王なりと
いそも悪臣のともあふみすらはむねふふ一同
ゆくくその娘なくして彼形像とうし
あふへしと読不和して名許志大臣

と牽牛(けんぎう)とて河内(かうち)の国(くに)にありしをも
にあはせまいらせて七月七夜にはあひ給ひを
く渡り給ひて好色(かうしよく)をそれ給ひて光明(くわうみやう)
はなくあさましき人々あさましき給
とぞ名難波(なんば)の浦(うら)にかくれけるにはしめ給
娘(むすめ)きこえしかはしめて内裏(だいり)にて后(きさき)になり給ひしも
つかへまいらせしほどに世中(よのなか)にて生(せい)死(し)乃
鬼神(きしん)あらはれていよいよ三国(さんごく)変化(へんげ)の体
後(のち)にはあひて幽王(いうわう)の帝王(ていわう)かくれて

翁御文邊許志大臣も悪病をうけ
命をうしなひ無間地獄へおちたまふ
大焔にもえて虚空をさけびまはる
業のごとく腫れ身十方にみちて
翁御あまた継ふたくいつく大臣も悪病と
身からけ黄病てんたうしてしする
地獄もに相をあらはし忽ちにおちける
されば皇子御いとけなくて敏達天王と
是は又ある年天皇重病に沈み

こゝろをとめてうらみせ給へと
先帝の御代にやありしに仏像の
まうらうとかんかへける御帝おとろき給ひ
勅使を難波の堀江にながしつゝめ事成
ことゝめもし内裏にもひしとまもりまし
公卿礼拝し疫病しとあるゝ次海とかに
寸善尺魔のうらいしそのはち守屋の
大臣思惟していはく異国の形像を
朝廷にてあかめんこと神慮にそむきてなし

そのゝち先帝の[illegible]代々に[illegible]とありし
みやこへ[illegible]代々安徳[illegible]
是によりての[illegible]
破し[illegible]をうやまひ[illegible]
参天皇けるも[illegible]
[illegible]ひかせられ當[illegible]
よろしく河内紀伊[illegible]
めしよせ[illegible]
あはせあるひは[illegible]

そのこきさらのたぐひなき切にきこえし
はもけらうと擬ほそき絵の黄金の
妙体なくあきらかに光かてらちら
行へなし竜宮下界してひらく先帝の
御宮に七月七夜すかり絵にみえ消ぬと
きくこのさひは娘いられ樽をおもくして
月のほとさくらと消らするとめでたかに
ちかくもとたる事やし娘く座しと河内
和泉紀伊ゆゑにをかひとかわたる

いもの隣を一十六人連あつめまくらを
ならけならつく著物七日帰けるを
しるしあり守屋太子にいわれあらんちく
まくらをしりくはけらとあく婦く取らぬ
消かへりさりとは絶縁のいとのかりを
はなし婦くゝりと下駄をかはさるゝはかく
まくらをおひく用意して婦人ふ
七所にかゝつて天井より太さは十二筋
ほそくねぶりし春着とても今日をかぎり

聲楽し拍子をうちすくらへとふしの後と
わきまへていかやうとうし声をとき給へ
うた三秋あけとも度手好すらうと
子細あくさしひ出し海まのせいとらせて
咲りに入十方七秋ぬけとも揃したまへ
されなちる屋ろさにけるとそてきうえん
あかりかなちらんゆきとよひかの絶
うちくさけるとおもそんさぬかい
光晴いよく鳴くうつへちる屋あ絶果て

いくびやうしてとりこに百日千日に法をさと
咲たとも消るにへつらすなほなれとく
あんなれは極楽にもとゝ毎へしとそ座めて
入江にも志流見んけつち屋文いつくうやうに
仏とうしかふさと持儒とあそうく文之道を
うやまふへしとそ脩とかしめとら衣
まうれとら法名とまゝきしくらんかの
極楽にすそふかくうれしき不蒙念男
妙体水底に止つて光明は成まから

給ふところく乃珠璣乃緩急もまた波の
こゝにすゝらひあつくさ河の秋れくれわり
まみちむらく水の面に色をそふ
みくらさろほとりにふ御しきやまとろ乃
清涼殿のほとりに雲にひとしたかひき
雲中に青色の影神あらはれ給
聲すてさけびけるわさひもたり
海さぬめ来とうしあひまゆふ西年の
年天皇がらつし崩御から給ふ下し

そのゝち弘法にさうもんせしめの勅命
ありけるひそんと日ちう大師とおほせられて
ふたゝひ戒ゆるしてさきにもちあんなく丙午
年八月十五日に敏達天皇崩御ありしかハ
然れハ御弟用明いまた親王かくれし
まゝにやかて即位ありて用明天皇と
号しまつるさきにハ間野守屋も
いにしへ穴太部の女御と申たてまつる
敏達天皇元年正月の夢に金色の

聖徳太子の給はく我は救世観音なり世を
宣ひて后の御身にとひ入給ふと見給ひ
しより懐妊ましましまして胎内
より紙の旗ひろげさせ給ふやさし瑞相なれ
志めしぬふ十二ヶ月と申敏達二年癸巳
正月朔日御誕生ましまし御厩の殿
皇子と号し給ふ年の時まで仏法に
心をよせ三宝に帰依御ましましまして
有為轉変世を見給ひし后父用明

天皇の御宇二年丁未四月九日より
守屋大臣せ給ふ所に腰にちる屋の大臣聖徳
太子の仏法にほこらさせ給ふ事をいきどほり
そねみ給ひけるをりから叛乱を起こし
河内国稲村の城にたてこもりける所にて
しめ　仏法王法の大敵なりとて
仏法弘通せしめんとて四天王に祈誓して
うけ蘇我の大臣うま子を将軍として
ゝ稲村の城へせめ給ひし終に守屋を

退治し給ふ其の合戦ありしと号せられしとハ
守屋の悪逆勇力にあまりあまりさへ太子と
蘇我大臣とうたれてこそくらあひ
し門義浄道してし事世にしられ侍る
太子ましまさずんば仏法乃あるへく
王法のてらさるるものやと退治し
我朝に仏法成就し寂生猶せを
せもふ平ふち守屋が緑勝させさせ給ふ
平らく保年十六の秋弘見市尾券

河勝大将軍として河内の国志紀郡渋川へ軍兵を發しあまたの国々へむかはすと聞えし事なけれハとても天下をとらんと騒動して守屋かくし同心するところの勝海左少将弓削の一族中臣の檜垣の史弓削村本大網真海に熱して四西九西乃軍兵をあつめとて五万余騎とぞけつ太子此由聞召小別将軍ハ河内国泰の川勝親子三人をのせて百五十騎擁る紀伊国

年中乃敵役人高尾六騎左右比随身左
平氏松子兄弟家地加治脇丸高麗屋比
桐士九一人蔦千七武者ニてこ大略什門
紀乃国いはゝはのか大和山城乃軍勢と
めさるまてにせい二千余騎ニ志るし太子
のは装束よめしての軍出立に紙をぬ
いて甚之乃甲冑を着九條の袈裟と
うけ平胡簶虹形にしけるかくみせかけて
その大将はふすまみせやはらかくた

まれてはづかしき老死せんとは胸せ出
終りし此合戦人たちも先祖から不覚あり
人は老を深まれしかれども命はいきてかたく
庵のうちにすむ不詮も屋の館はならぬ老をならひ
執はるのうんさかせは孝子徴まりて
朕躬にして武芸をならひしと
いふとも自分はかくこそ思ふに人の力を
うるものは勝負をとげつゝしと給ふあるも
此道をまもりつねにいさみを勝りて

ころしも八月十六日寅乃一天ニ矢あはせ
あるへしと候ハれけれハそれやうれしとはやる
聖徳太子我とかゝりハ駿騏のかとう
龍車にめしたまふや大刀のさきを相具し
河勝姫を先に押出早綱敵と成てあさ
海しけれハ太子も三千余騎を相具しの
あへの家ふたちむかひ臣見布尾泰え
川勝秦将軍陣の表にすゝみ出矢を成
秦川と安の河のほとりに寄せらる

事はおほかたのことしたかひにかけつかへしけれ
ちる守屋の五百余騎と太子は三千余騎と
入かへて一日一夜せめたゝかふもりや大せい
といへともたゝかひまけ二百六十騎になり
けれはおかしとや思ひけんかうちの国
石川の郡にいしの宮城郭をかまへ
引こもり太子つゝいて河州とめくらされ
ろうこをあまさすにせめけ首くらう押寄て
せめたゝかふこと七日七夜今は太子の

は世にしらすくなからぬかさきれ人のゑう
みさうそとそもさまさま女繁盛繁盛かりなく
して蘇我大臣と蕃木にしりてはべき
らるへ太子をまもりて東西をせめられ
いきうしろや據かのりてやしけれは余の
民ある千騎万騎より太子をおそひ奉り
ける駒にめされ小童とそ乗給ひし
ちのほらんとする手あふ度にあふ太子
おやうくおほしめし　此馬にむちをあけて

あんどをさして思ひ給ふに、心にはほとけに
大威徳様は本あらいかの木陰しらうち
作るとやすめ給ひ七勝の鏡にむかひて
のこほつく味方深き色にちる屋りさ乃候
ありすまをのく思ひしに思ひも
命はやはり海さうしてそめられあらんと思
ほそくも絶えて波をまもり立給ひ
ひしくの木にむかひて海つく事
この合戦をたたかす事團絶得給ふに

興隆仏法利益衆生のために草木
非情といへども我春は花咲
秋はもみぢとなりてあらはし只今
我とかくせと仏けの其時むく乃本風も
吹さそふこそ花わたる妙音へさ門せ
ひとこさうけ声子めのきけめ不志乃ひ
まへ文をわとく我等あひ声字となく
ある七識の作をのそみも常へおち
ゆきさいろうち庵大聲をしく此木乃

まことに〳〵只今この大将軍此本にれ
ものにしらんへほうあ成人つたとしけうて我
せむ念ありとてかなしく猿轂とちひさ
ちうそく其なかみむしての本孝子也
まづ孝して彼本ふむひとひておく海つく
かんちひとつやたらといふとも一旦我を
かくは後さかえまた一釈尊の遺法滅
紹ふひろめ衆生を済度せんとすると
此時にあたり我魔縁として小海是を妨と

以羅睺天あらく神妙様大臣と名付しと
宣旨くだされそれより太子王宮にあかり
あふ太子をころさんとこの門懐とも しらしめさる
当とゝもとあつあまとあまれ門懐して
蘇我の大臣ときこしめ給へは尾平子松子
加羅子丸は二百五十歳ときこえける
太子の軍兵はひかりつて金銭
金光寺国位とあそふにあそれし
我朝いま仏の世界にして邪見放逸の

あるひハ仏法興隆し衆生を利益せんと
おもふ者あり又ハ王臣悪逆の臣下として
王法のあるひハ仏法乃敵をうちほろぼさんと
おもふらんあるに合戦をいたすといふとも
勝劣のたゝかひ又あるハ勝とりや
大勢にいどみけれバすでにふかうれんとせし
不続のなしにたすけられていかなるに
凡参をあつきし我今天地にかんなるをまも
つゐに王法のかゝるさきつ事としれ

漢朝よりかくれなき大国にゐさらにたくひ多し
我朝にむかふあらは天竺新羅百済にまで
きこえしかるを軍兵あつめ彼國へむかはせ
ゆかんと海上乃鐵の網をはせきかけて艤あり
雲に還御ありて大将に御
きさき神功皇后のとききこしめし
江門の敵をうちたいらけて数万
軍兵あつめ西海にむかはせしむ千珠
満珠のたまをもてたまつくかたらいさい

ちんらうくとさてゆくゑをとへは是人王十五代の
てんわう神功皇后は女帝の御身として
異国をうちしたかへ給ふ朕徳も
女帝にしておはするへしんゝの同しく天照大神の
子孫しそんなれはよせん朕一人の命をとゝめらや
鏡におもひしき身命をすて今此たゝかひを
こゝろよめんとおもふ衆生利益の為に
命をすてんとの給ひしかは諸
とゝのへは是をうけたまはる軍兵ともゝ

おもくいさゝか成ともしるしあらは孝子ゝく
思しめしける人のかみわくいいかゝわゝ
冥加擁護念をかうむり佛法乃威力をもつて
たのもしく勝負をけつせんとおもふ祭文
たゝし四天王を勧請したてまつるその啓白
抑云南無帰命頂礼弘法擁護四天王
まもりたまへとまうしことに愛宕山太郎坊
金毘羅の蹈と婆娑山のすとしさうけ
我今悉く帰依しいたる天魔鬼神あらん

こゝはさらん仏法護持の四天王せいしまん
いたいの悪義にて形くはおはしかん中姿に
催せ給ひし時はさらに合戦しかつ
かくて四天王寺といふ大伽藍を建立
すくとらひおりんぬ秦の川勝しめて
て白膠乃木をとらしめらつ四天王を
つくらせきさゝ字みんさみちふ
おさめおかふ持ハ四天王納受ありとて
松乃く六通能しの青龍ハのつく

刹那のあひだに十方世界をてらし給へり
三宝仏法をひろめんと 天竺にあらはれ給ひ
娑婆世界南閻浮提大日本国聖徳太子
仏法興隆利益衆生のためにあらはれんと
これによりてかたじけなく太子とむまれ
給ふ 西方浄土覚王観音勢至
の二菩薩はこの極楽海会の聖衆に
あけて[illegible]娑婆世界にさうらう
聖徳太子仏法興隆のために合戦を起して

彼國ハ弥陀の勅にしらかくとなく給ふ
其時観音勢至王菩薩将軍として金剛蔵
菩薩虚空蔵菩薩日光月光の二菩薩
十二神将七千夜叉補陀落山の千手眼
二十八部衆五百の眷属大力の夜叉
ともにひきつれ扶桑野馬台に来迎し給ふ
難波の浦に入海中より涌出め給ふ
形像一寸八分のせいなうふ不思議な
宗し立給ふその御我朝の檀尼達ハ

やにおよひても寂光の都と云同居ハ霊山に
まいらすふ事ひとへに利益衆生まふさん
ためなれはきさきそひまいらせて太子を護念し
たまふ光々菩薩ハ紀伊のくまの権現ハ悪ま
おそれしは猿丸にあらその征矢をはなされは
ゆへに霊鷹をたいしまつらる天照大神ハ
白峰と云富士山にのりて松原にたちのほりたまふ
千世をかさねてゆくくさのもとは征矢にあたる
むかしとらに鹿をたいし出征に住吉大明神ハ

鹿毛なる駒に唐鞍とかいふもの
おきたるにたとへは瓔珞にかけたるを
白き糸やうのものにて手綱胸懸といふ
鞦といふ物の緒に紅のくゝりかけ
太刀帯の人の手からけたる駒にはあかき総の
よう緒ひこそはへるの泥障こそ盛に
赤波といふ鞦をさしつゝ金の飾太刀帯
香くも飛雲と云こまにのら葦るかなれ
そやなるゝのゆふにあかまに雲をかけて

輪とだいし来る程に宗徳の大棟梁
らんしや三千七百余社神くれふからん
そくらんのれとくちや世来るかふ安に
酒醸清春の安羽神天に閏意に御法ふ
合銭のかうひ荒さしれけひきかく
侍員とかなられくとや先へかん大かさつ
まろ法へとれかへ流神同意ふ総ろ
一しと有りれ人かん大坂そつくや二に
きりまろ法ふ恙かつかる太子そく月日乃

依しやうそくは六色の[illegible]は依の[illegible]へ[illegible]
中尊の用をとめし左[illegible]は依号小
[illegible]長遠にしてもろとも[illegible]一[illegible]いの
悪趣に平等大会にしてもろともさし般若
の智徳とさいし深[illegible]に[illegible]中に
八幡大菩薩と難波に[illegible]中に其日の
依[illegible]は一實中道の依證三[illegible]に
用をとめし法縁真如の御号に色[illegible]も
[illegible]の色ひもとけ入定玄門の依馬小

下化衆生めくりと悪魔降伏佗にゝるを
八方にさしほろふ畜生の身代にかへて天下
隙なくひかりそへし僻村の隅々にいたるまで
能ふとりや賤の内にも合銭しからく
用途とぬきさし抱のくゆうめ云あんなめくれ
行里ふしふるまよに何のこゝろとあけられたく
ひしめしかつつとさとありなち宝屋長目の
蛛木にし総大邪見のよひに流浪生死
乃用此緒としてくらあん冥々城に

たてこもりて其数大勢かくしてせ
く勢はしかと待けるところ矢をもつて軍兵
とゝもに太子の大勢を見へてやけりけれハ太子
さハかゝる小勢にこもりけるそ今ハ大勢を
頼み軍兵山雅にこもりいさみてまちかけ
らんのとくしてありけるか御極目に中国の
せい太子は御方にはせまいると覚へたると
やしなハれしところや是を聞ておそれ者の
ますこかいかせいも大勢と見へたるところ矢ゃ

眼(まなこ)にかゝるふせひとつ我力にしらく黒雲(こくうん)
むねのはれまもなくゝもらし邪念(じやねん)毒(どく)にほたさるゝを
嫉き六根(こん)六賊(ぞく)のみなもとをかくし天地(てんち)もひらけと
みかへしちる屋(や)と今日(けふ)成ゆくとおもひ
はく末代(まつだい)まても名をのこさんとて
稲村(いなむら)の城(じやう)とらせよ三日三夜はれてかなひふ
ありやうにひろうかくて稲村(いなむら)乃城成ち
忍ひさつ乃城かけのしころうち大子とも閉(しらく)れ
さらせ死ん成ける者のかはね軍(さしゆうゑん)巻(て)もてなし構(くわい)え成

中げりハ異国の漢の高祖ハ三尺の剣を
ひつさげて後漢とせし我朝にハ
聖徳太子ハ定天王成あめをくらとにハ
ちる屋をうち給ひしもりるにちえうーと云々
ちる屋ハ天皇御ゆるしある大将軍とあるか
めされやとてふかまして櫟のもとに大中臣
征矢をとらせ給ひ是ハ何もりしくらしか
矢にあらしめ氏神射給ひの大明神に射
まふ也矢をとらつひをこのたかとしかく太子

ひとりの遊(あそ)びかくはたらのかやうにはしく
守屋(もりや)の臣(おみ)氏神(うじかミ)射殺(ふと)もとは大明神(だいみやうじん)大織冠(しよくくわん)之
乃ち孫ひ小竜(さうしゆう)殿の甲(ふと)とめし戒林(かいりん)敵刃(ゆうめん)の
槻(つき)のゆゑに屋(こ)をつくして登(のほ)りておそれはゝの御矢(みや)大中(あたる)
さしとうちはなりひ太子(たいし)を一矢(ひとや)あとさむと放つ
ひきしほる所に太子(たいし)は弓手(ゆんて)にかゐあくらんとする
弓をは八まん大ほさつ雑(ゑくこ)は多我天(てん)いそき給ひけり
まへかりの矢(や)をとらせはきらぬかうら太子(たいし)はくの
たつりまきれ其時(そのときたいし)太子迹見(あとミの)は赤尾(いちひ)と

めしはつかんちあへるとや我梵網
大乗戒をうくるときこそ汝今ち屋か
命をたもん事戒師をすゝるろれ
あるあんちち屋かみて矢を結ふ屋に
八歳にとなりて梵天てんさまへる八月に
うはさしなふへる矢をあとかんの帝尾にあかる
帝尾をさまへるさまに浪ちに驚き
に浪矢をうちけ是ハ孝に浪矢にあふに
救世観音にあそもゝ矢をうけふハ帝尾か

射るにあらん仏法護持は四天王にてあるへし
弓はれ矢之仏法破滅はちる屋とはてみよ
とそゆふくるかたに弓矢わ無のかみて矢
かれたる耳目をおとろかしちる屋のたせい
身心みなるおとにかゝるちる屋のあか
いさにほよくころもとりや正念みなるむ
とこ弓矢念ころろさらさみに落る
不成菩提川隔とちんとするはふ
ちる屋唱へていくく　如我昔所願今者已

満足させ頼みまいらせける猶大力の
こゝろざしにはしたがひぬべき御あはれみにちか
ましますなる寒暑もいとはず眼より慈悲の
に洞をかゝげ唱へてのたまはく　化一切衆
生皆令入仏道とこそ願ひにはいさゝる血と
衣の袂をもつてはらひぬぐひ九条の
けさにはらひ在生に益すまし髑髏
かものひかりかゝやき給ひし時の
相好を破壊し　釈尊遺跡の

めでたかりし處に我世間長劫に苦患を
あられぬ安樂一旦の壽命をうつしては地獄に
しゆらさてしんかくしゆく我とうく
しるこのうかれぬと絵てら強に太子悉達乃
四魔とあさ四天王に威力をそへ逆徒を
頼みし法にてこのさひ乃合戦にかりたと
四天王は其ころのかたにはら立烈戦せん
たあるへきにとて合戦のなかは日より
かくんは地をかくめし天乃かけるとかうき

正面は楼門とてそのかみ奇妙なりけれ
はともいまは月かゝりとそ見えはさて西風の
たゝみ累年はかりつゝく縁は推古天皇の
御宇元年に宝輪のことく四天王寺を建
立し乾はこゝの楼門はくち屋の殿は
ありともあれ今にいたりてちる屋根となりて
是は極楽の東門にむかへる西門といへり
太子みつから額をかゝせ給ふいはれ
釈迦如来転法輪処当極楽東門中心

ちる宮の經巻河内指摘法安國四教十六方
八千九百巻振天王寺へ寄進め乃九十六巻
乃ほか内外の經論[illegible]こし[illegible]
諸惡莫作の戒をたもし仏法に大[illegible]
ゆゑ[illegible]撰集[illegible]をたもし[illegible]
[illegible]乃んを奉し十七ヶ條乃仏法王法
の掟[illegible]振六千[illegible]んをそて
末代の衆生を仏法乃きこしらし[illegible]
[illegible]掟の極をうへ[illegible]これ

孝行恩徳のあつきすくれたる王子にみな太子
これにつき邪法悪逆の国をしつめ仏縁
しかも有ることは仏法興隆の孝子一生の
ふら稽首みつきさらにあけてかそへ
[illegible]そのくら用明天皇は即位
あらく宗後天王と号し一天風にしたかふ
みつく[illegible]海波[illegible]あり時に聖徳太子これ
[illegible]これなんその人にて[illegible]年[illegible]
[illegible]ひしそいらくち[illegible]

罪障悪業とこそ申されしか
せしめおはしまさぬ今後さらに内裏へ参ら
退治せらるへきやからのゆるし給ふ時しかしかの者
こゝろの毒気を出して太子に吹かけ給へはゝく
善哉とて太子弘法利生の大願すてにし
成就せられけるしるしハたちまちのことく善今
皇宮へかへり荒生利益すへしとのたまひ
ひそかに没すへきことをよろこひける
今さらありかたき仏勅あり太子是を

きこしめしいれ有事(あつこと)にめして我と礼(らい)を
ありてのちゝせ給ふ海とこしなへきたすそ
うし給ふめ来あんその端にふ入西ひ
とそふ八年余(よ)を経ふめひ推古(すいこ)天皇の
御宇龍(りうき)を七年庚申乃年國(こく)は高麗(かうけ)
の元太宗(たいそう)の為(ため)に亡(ほろぼ)されたる新羅(しらき)百済(くだら)の
國王と給溝(こく)とてやもろこしの郡(こほり)
之をのみの太宗(たいそう)にわたりて亡(ほろぼ)さんと擬(き)する
時(とき)高句麗(かうくり)伊梨柯須弥(いりかすみ)振村麻漢(とこ)れさとるに

お田よりくるしきふ土民(とみん)あらそれ家(いゑ)
麺(めん)かりて朝夕(てうせき)の煙(けふり)たえてし事(こと)ぬ
さいそくはてひ度おお田(た)をへいはんくり
御しまんそ淡(あは)れ深(ふか)の人史(みぶ)関(くら)
その用意(ようい)これをとりふ長光(よしみつ)こころにていく
うれしかきぬくく麺(めん)かりて一日のもの
さくらかへ法ともかみふ御しとふ
女房やしやういやしくるやれよすいそめ
ぬるへくはめもの芦屋にこれかしく

まゐりておほけなく申さば仏あはれみ給ひ有へし
極楽へまゐりしかのちのよにはいつも善光にうまれてと
こひいうれ仏菩薩たちもふかく妙法を
料金をも申して仏とともにふかくまうでさ
よしと申すに功徳する人あまた善光
かうくにかかくもとよりそのうちもあれ
仏法耳にいれてはきうたしやうへまれなる
いそさきの人をめせとてたのみおとしひきさ
よしこう仏はらんすみてはなの人とい

うつりかはる形和音(きやうきさうとんせい)さへにはすべからず
して孝(さいせい)は彼(いさひ)に家(しやうきやう)の丈夫(ぶ)にしら仕まつる
役者もよりしころ役は三方の女房に
めくまさりきやうせよ縁ぬるの狂(つきやう)
よしころつかいがらくは彼を三家(しやらく)にいそうり
若衆(わかしゆ)もともこまりし役者(やくしや)とせんとぞいふ
女房はいついやくは若衆(わかしゆ)をかの作
その子細(しさい)は色(いろ)気(け)にしてそのそなくに
形ちなへはよしすけなともあひきは色(いんく)若と

すくふへしとこゝろ長光(ちやうくわう)かいはく我かをと
持病(ぢびやう)あり後悔(こうくわい)かくらし病(やまひ)となりかねて
山野(さんや)に住(すまゐ)かすくられかくといふ事の
むすひ祈念(きねん)して観音(くわんおん)をいのりてことに病(やまひ)とりけるを
とこそ西の人へむきけるか我(われ)はひとり
の縁類(ゑひら)あれは御ほせとしむるともかなふ
ましとそ長武(なかたけ)とゆるみてもふかゝら
女房かこゝろ斗しこひとりこゝろけるを
うれへ侍る信心(しんえん)の命(いのち)百歳ところ有(ある)かしをかせ

月日(つきひ)ハいつせんと過くし当意(とうい)にすゝめことを
見ん足(そく)の見んつかなくもろ和ハ爲りうけ多
さうほとふに信濃(しなの)ち都(みやこ)にふろうこそ此大蔵
こふ女の事鶯居ゆへあくれとめられ時ろわ向(けう)と
道(さき)すまし義光文子ほめにのしこしすうを
てかしらるハ我(われ)くさへしく都(みやこ)に滞(ある)と言てまゐ
公(きこ)せん從用にひさ給く慶こ乃和(から)ハゆきて
見んとてわ來くきしわるく從ハゆくとかし請(うけ)
らくめいを一見結つ古(こきやう)つかのとあかい

もみぢ給度よし承り候漢字(かんじ)のことは
いにしへ漢土(かんど)にて其(その)はしめあらはれふみもちゐ
唐にこそおほくひろまりて候ひし
孔子(こうし)は漢(かんの)にてあらはして蒼頡(そうけつ)文字は
らくらく御和男女(らくらい)おのつからまなびてや
摂津国(せつつのくに)難波(なにはの)の浦(うら)と申(まうし)て時(ときに)にふみさや
水底(まいてい)よりひろひあつめて蒼頡(そうけつ)の
せかいにちかきと弘(ひろ)けり蒼頡(そうけつ)文字をもと
けし唐(から)へこうしめさつき角(かく)成

うしろはひきいさこいはかくらん金をちやいさまよ
られ水精のまさこあんなうれ水精中かそ
て我からもわつめ今うらゝかにそつくる
あら山とさんとすしとも菩提もせんけつく
せんと都あまたそうそうゆうらけり
ろみとえ如来の吉光にはもなみとすべく
かんらをうつさまかれ是ありし
めぐにあんらせやすし本尊心を忘れめて
すまうかけくと御前の時に吉光

いかなるかいふんこんをやそも敷とさうん会
いふ妙華くめく海つくあんらいけ
天下不有て月蝕とり名候て是成候
て礼被之是く満百あそまく
智明ま之そ名つく是又段もし称て
あんちせゝる今又日中小有く是候と
名にて之国を許めして同し檀那から
是今皆をさうてこのきかゝ来をするやうそ
容躰ハさしもせ是成候殺せよ生てせて

観音護念せん家にありしまゝかゝ
とく観音をしたまふうちてもろくし
くらゐには文義の気生成さうとせよ
観にあらはくるめに恐ほらにし三年後
まちぬるを我をとゝめしに大悲はなれ怠
かくたのもしきかまへに忝父義御心
あさ成出しおのもとうらに応桃渓
信仰乃心包し其後すむのうち
霞代さこかしさて其光出来にやく

いはく今如来の法にあふによりて宿世の
事成就して我天竺にしていふ事
月蓋長者とうまれて極楽世界をもとめ
如来を請し奉り恭敬礼拝し奉れ
ば今又極楽にかへり給はんとしてみちびき給ひ
後百済国の聖明王とあらはれ国にして
如来を念し奉りて今善光と生れし
していざふたゝび生死をめくる事
あるべからずとてなく〳〵此縁を

くらゐけるゆゑに意てのくまいておかされ
かの家しゆゑあらひのゆへにらしさとをさて
あつらふに正念に住して是とさけ月蓋
長者ハとらえ誓願して、いらく今ニつらひ
人王也生れくゆゑにハ是非なくとらん
またしても百済国の聖明王と生れ
うけ付ゆゑ十善乃王位ニ渡らせ遠ニ渡
在せんとふしんニ遂ひ是百済国ニ
死ゆゑ衆世の事を若しい何よ

まことなれば塵(ちり)ひと起(おこ)し今度(ひとたび)人界(かい)へ
生れきたりて貧苦(ひんく)なめて此身(このみ)をいとひ
浄土(しやうど)をねがはんひとはいそぎ来(きた)りて如来
塗炭(とたん)を離(わかれ)てすみんとおもひ給ふ
今こゝに度(ど)かならず是(これ)まで安楽(あんらく)の宿願(しゆくくわん)しずまりぬ
我(わが)ためにしたがふものは安楽(あんらく)世界(せかい)へ
ちかひてこゝろ楽(らく)にて我等(われら)まで極楽(こくらく)へ
きこゆる一年(ひととせ)聖徳(しやうとく)太子の御廟(ごべう)へ后(きさき)を
我(われ)を捨(しやく)してこゝろとめ安楽(あんらく)へ生(てう)しさまで

水中にありける物をよひて紀しとなんいふ
菊和に清すへしけやちくしを作ける
善光寺ふの白鳥を中にいさくれく
らみのうに船してめしをかひまち
極色王位らもしとそ光わるなとみ
らしとそうそん係章らはせんかい
うる徳利の沼んとうし光んしうまち
あれこ緑弟子之紙へ有とうしめしを則
ゆらくせんはこと人はかんして溝得

すへていふ也東国にくたりしをまもる
安達礼あり上京あれと見る勢
大丈夫と訓く詔令なくてされたるまれ
推古天皇此御宇推古十年壬戌四月八日
にまうすよしみつ善光と肩にかけ
信濃の国に下向して善光寺に善光の
世かうふかく来りて善光を加護して
雲ふかき日数へて伊那の郡
宇招村に下着し唯是善光寺也

乃行衛ありけれは義光の女房に逢はんとひと
おりゝ白月乃御前をとうけさせ給ハ旅をと
せんかたなさのあまりに拾ハひ給ひて立く
こゝし袂はけやりかたりあふたに涙にて義光
父子はかんしとて門乃かたらひ立されし
それかうふに及くニ人つまて身かふ一人か
めくへひらりやきけるといひ女房なとなき
ものふやせに逢義光義経を相待行は
てん魔神我とうや悔さんなかく取はゝきを

みやこよりのそなへんかに善光親子
女房問ていわくそれはいかにひかれゆかん
御うたのうや善光きこへていわくなにも我
しらし天竺に月蓋長者といひし時
極楽より渡しまつりてほとけなる極めてこ
女房のいつくある前世の事にいさましの慈悲深
とゝまりしそうにありしかは如来よりし光に
しらし給ふとてやかてかの遺授とらせ
しかるへしと云何にめ身光明ともなら

世尊のひかりをさしそへしかはそのひかりの
中にしかも天竺白浄宮のことく見え
現しけり明鏡にしかうつるかことし如来へく
法を見せしめ給へし世尊かうし忽に
つき信心歓喜ふかくしてさそ如来をいたゝく
かうむりたてまつらんとおもふこゝろをおこし
はきうなうちこゝろのうちにえのなかし
叡かうものゝこゝろにめ如来をすてまつる難
悲ら法は礼敬して我れ南閻浮洲の内

十六代大國の始て十六代は小國に分るゝ事
靈地志和四無量壽ゝ經に常散ゝ
也の月な本殊に東山の代ゝ儀なりし
義光ん家の庭にさくまう拝に世や
すそふ書ん給に所ゝ宗ゝ人ふかうた
唯さかふ拝のをと拝ゝ人拝ふ物ゝ
ゝ拝有ゝ代はまた所に義光法安代
うらひ人一字代法雲とらんつまし
めすゝとら作し まわ此見ふにわたまこし

凡行者おこたりなくつねに心をかけてしかも
おいても又心意に入まゐらせて伝心して
菩提の念宅の中に身を置道場と
めくらすへきなり又心にひさしく身を
煩悩の強き心を菩提に向へ
かなしきこゝろさしや罪障をはらひ
のかれ禅定の是ニよりて清浄に
菩薩道をはなれすへきなり是心をなし
行以及又某の心の中のまなこを道場として

ことにかれ文殊ひさしく如来に立給ふ
経意に勅していはれの心をしまし給て
そやよ経にぬ事着せんにたはふれて宣く
御含銀乃宝殿なりつく堂塔をこらん
つまりすとも霊場をとなへさる所には
まれなるさせてたとひ不浄の宿かり
とくわの霊場に在て称念せて清浄の地
堀とせん前に成けしめんとあふ
中をさく縫て御とも東の日に消て

まれなる教め希にこそ見のましましてふ御ちかひを
とふらひ給ふ衆生えんかくれとしのめ朱れ
佛法のあしそあらすいきのたふとさを
形ものひとくまへ楽のおし見ふ
あんらうそれぬまき経形部ふ下知し
終ひ年月すそふに将一来恩星を素と
あり給ふとしても機縁あることにはたさと
天豊財重日足姫天皇 号白居宮 則皇極天皇 されは浪天
命長二年 壬子 如来御渡ありて言く

當國水の郡に豊成らん流れとも
つきより善孫に善光仏勅に但せし
地ふらんにありな成佛像同居也
らら有とて但もの所に一定の草堂と
庭ほし中善堂とあかつきし堂に居
まるとて古佛像のあるにかかるをたかてん
善光に佛遊しまし仏堂大悲
有さしくし繪香華燒明供養をこ
せうり妙一繪に燒明つしあさらかり

如来光明はすなはち善光か信心と
照し内外明鏡のことく金色にして光り
照る善光か誓して云く光明は如来
化現として衆生利益のため
不退のこゝろしめ給へと念願してさらにしはらく
仏の光明そのうちの香油は心の清浄と
なる則如来宝の偈を説て曰

一度見常燈　永離三悪道

何況持香油　決定生極楽

是則如来真実之有なるへし
給ふ智恵光之これを發明と見ん
まれんすこやかに悪他をすゝめ給ふ
さらに白居天皇の御宇より当代に
いたりて善光子孫の徳如来なる
といへとも信ふかき人は[illegible]これを
[illegible]して今にいたるまて[illegible]

善光の一子善佐の事

抑善光の如来は水内郡にうつらせ給ひしより
聖徳皇極天王の御宇命を受て癸卯
本田善光の一子善佐俄に服とら
死去し父母悲しみなきけるに一子すで
あはれ今世後世をすてしくるしみに
おもひひらくさとりかたき離めらみあそち
けふみなさふ如来の御宝前にらいしやう
まり祈誓してけれはいつく老少不定

かくとりん今ねかさひとは云ぬくる
其よりいふさき命終ともよしすけ
あとを法さめ来ね毒薬をきる人さ身ね
老さる代をうめもうらしてさ紀さうす
これ御代いんふいかそや有ふひかに我
身やむさるてこいかれ出しこころ織ふ
めうもふひんふかなかしけ給ふやさん
まんかか花のうわふぶ魔薬合ね金
かみの彼ち世のかさこにはら屍ん

あめつきんのはなれありしに御かくこと
らかめ給ひ光明をともなひ中有茫然と
とてらし給へとも悪業過去の業因に
よりて焦熱地獄におちつへしを
倶生神のかくされをんあきこそすそに
ひ然かさかある時にたしへ悔文わらへつ
紫雲たなひき一光三尊の来現
しみけんより光明をはなちつゝひ
かくし地獄に清涼とそうよう給へ

色に七重宝樹とあらはれし光明は
あるものにてそなへく音楽菩薩
阿しゆん王極楽をたのみなれは
ひかりに法をめくみと云寂滅して云く家
衆人の多くあはれむ不足はさりける
いふとしてめくみ家に集成ともや
めくみたくされたる慈悲あんちせし
菩提の子によりとけと云ふの人家に
法雲飛群の果成てんして今てらし

ちやうくしうと仏けうは法皇にて
いろ〳〵のよろこひは自業自得の
因果なれはいかゝせんさりなから仏勅
うしきうよりさとけちやうへ
せいそうやうらんたる仏付ちうの宗
ほによつて苦かを出しうしへて鉄縄
ゆんくにそれ黄泉名めし衆縛とも
かし海わ汁るゝ夜小中有のみちそ
さてとかこうきこゝろうつりにはそうろう

無乃毒ことゝもかし善作とみな誰人
すれすれとものやうのは論の給ふそや善は
是目なきのあつし皇極の王にしてぞ
ちやうの終てすまとなりくそ
あそびしける

わすれそふともあかぬちぎりの山
なくひとのめぐりあふ
ゆめのまひてさあくともあかぬ
よしすけ見えすつつせさてしはて

りしきあうさぬれまれ日かたきふかく
見ふ面菩薩の一子にようしすけとも
まめかそ薩埵さうかく嫌れしていさうをき
又人あまた日めもあそらかしてゆくて船
うれしさのあまり申ところさそいけりく
ゆゑ歓喜天宮にて天下に悪魔祓御ゆるしあれ
あたかれねりくと緒方とるをう拝みたり
ましけあれかりきや申ところめ本みを願く
さいらんかへきさう王位まんうゆう

らうしなをていやいつあるんと覚ゆ
時に長者ぞしろハ我ハ天王の御命を
のうらめしとおもちてまうかの魚をし殺
ても皇とおもやまちへ何くてあれと聞を
ともふやしろそその時めおも讃してそ
あんちの今いふ事ハ凡夫の心にあるへ
菩薩んに来りけとそなうらんせ
とん来とおもん夜来へ行いつ世
我の魚をへてあん中より仏皇のへ

御しく仏を信仰にめうりようすけれは
皇妃にめうら是を形人しけめん
発菩提心とめてまひて二人ともに
志やうへ給ふさる天皇に観音勢至あらへ
まします后はけた如来みらしき
御しくて同じ時刻に志やうまうと
うつせのひけつさるはとふにさうらふ
天皇よろみなつせのふて千秋万歳
と悦ひをなして天皇は発のさめるゝ

ちゝもしてさへもすなはち絶ぬれ
かんどうすれば情かてすまぬなれ
よそへふらふらんきうぬらめくさて
ちかのくめ義絶せしとそて義絶親子を
めし給ふまゝちかみなもよしすけ
よろこうつとて義光父子の縁とも
かなふらうろ事いはゞそもよし光
父子さんじ佳れとのせんけかわ
義光父子せんへしかいちこうし親子に

のうちの内裏(だいり)の庭上(ていしやう)にふしゝこまり給ひて長敬(ちやうきやう)
とみくめひとのあはさ女つくしとひ
なふよすけあらみかくやらう
きく〳〵みくきもとりし縁(えん)乃
後記(かうき)をそ天皇位あらけり我ら父母
こくそうのせめあれにてこひ国王(こくわう)に
海わるるをよしすけの悪縁(あくえん)に悪縁(あくえん)に
王位(わうゐ)をゆつりてもあるをあかつゐのそ
さそめそこゝへ為に給ひと作けりなすけ

やしろをたてゝ[illegible]給へくとも
きやうの[illegible]夢のさとし
なにかせん孫のつくて[illegible]一宇の[illegible]
をそめ[illegible]念仏[illegible]せて
[illegible]しんと[illegible]都[illegible]ありつゝ[illegible]
[illegible]の[illegible]と[illegible]見えら[illegible]
[illegible]吉光の小[illegible]雨[illegible]
給ひの吉光文子[illegible]ひ[illegible]と
[illegible]して[illegible]其後

皇極天王の御宇として如来堂を建
立ありし給ふ龍天善神納受ありし
虚空よりくたり　こ護くはうゝ
ひしやもん天王　ぢこくてん王
くわうもく天王　ぞうちやうてん王
あまくたり給ひし如来堂をれいち
成就し　給ふ堂の桁も七寸ゟ三
七仏南小十八面八角十八本七重荘厳
わまんしゝら百三十六年に三十六仏

惣六万九千三百八十四字也、法華経(ほけきやう)の
文字(もじ)の数(かず)也、板(はん)七千三百枚(まい)、仏経(ぶつきやう)七千余
巻(くわん)、桜九本は九品(くほん)浄土(じやうど)のかたちな
らん、又四方也、額(がく)は北は北空山(ほくくうさん)雲上寺(うんじやうじ)
東は定額山(ぢやうがくさん)善光寺(ぜんくわうじ)也、南は南命山(なんめいさん)
無量寿寺(むりやうじゆじ)也、西は不捨山(ふしやさん)浄土寺(じやうどじ)なれば
道俗群集(だうぞくくんじゆ)あゆみをはこび、いたえまなくさうらん
参さんさいひろく、ことに卿相(けいしやう)雲
客(かく)の御判(はん)すゑし

日本往生傳云

三輪時丸冥途の御判書

一条院の御宇に大和の國三輪の時丸

ちやうしやなりしかめいとにおもむく

なんゑんのちやうにてふかくひさ海にこう

そのところをせんと此丸あし此やまふ

金色のひかり出て屋をてらし給へ

給ふといへり

日本大乗界　本師如来前

一歩清浄地　皆往安養國

かくのごとく虚空に上らんとす時に
時に主人彼宝友をめし飛への退乃
本田がんせいめ給へん善光寺といふ
時に弟あらゆ法皇まうて当ゆかんち
善光ちやう人垂迹あらゆめ来たりんとん
かんとうきも光明ゆ中小ちる御影あ
あらきうくはしとかひ給ふ時尤善く
いそく信濃小善光ちやうやうんかある
とはさけ小しへいかよかん人垂迹は守あって

おもひよらぬ次第なり我母は越後の
國の生れ縁ありて大和國より嫁て
我母縁につきて下女となりしが浪人して筑紫に
若党ある時男と縁してその時我を懐胎し
て七月にして誕生せしとてあん
とんかく平産とてこれをかなしみ
ぬしとなりて後海上をまつらんとて
とわさせ給ひ時丸と元服して
こく浪人せしめ身のほどいらへさん

けいする事かぎらずふかいにたちへつゝに
とく〳〵きやうをよみて念仏称名を
なせよゆめ〳〵さらにおろかなる時よりめいとの
あはれさぬとくうしく深く父母にたとへ
それなるおやこ三人もろともに善光寺へ
さんけいして父母共に大和の國の時丸
善光寺にとゝまり東つし庵を立て
朝ゆふかく遍とおく南無阿弥陀仏を
こゝろつよく決定往生とおもひけれ

一条流泉よりしてきたりて東を
信仰のいはれける柳の末日本國中
多宝の中に来る世尊のはじめなり
そのいきしそのかうんちの人なりて
善光に善く意を悪世衆生を
せんかんちうすゝめはれゆきとの縁義
さころそありきりへあらん

中陰経云

善哉信濃國・佛法最勝地

生彼國中人　皆往安養國とこそ

聖徳太子御書之事

推古天皇の天下を治給ひける時

太子の祖王欽明天王の[illegible]念仏を勧め

恩徳報し給はんとて善光寺の如来へ

御書を進らせらる御使は調士丸

又いはくその返事をも下されける其御書の文云

名号称揚七日已　斯此為報廣大恩

仰願本師弥陀尊　我助済度常護念

斑鳩宮厩戸
勝鬘

進上　本師阿弥陀如来　御室前

十二月十五日

ちかふ、さうじ人毛相儀して、いそくさとて
れ迦維衛へしと観於弟を行めし
拝受しまつりめ御返報云

一念称揚無息留　何況七日大功徳
我待衆生心無間　汝能済度豈不護

上宮救世大聖御返事

善光寺

是すなはち先代舊事本紀御真筆法隆寺の宝蔵に今に有後醍醐天王御宸翰有ていこは今に浄名寺とあり

造宮殿を修造ありし事

抑欽明天皇より孝徳天皇まて代百済文殿に修造あり

孝徳天皇御宇出来まてせんして

ゆきゐて文殿を作りて光明を掛られしと
くらひてしそのゆへハ悪逆なるものなり
我に手代はけ息をとゞめて悪縁
しり落行ハとゞくにはけにおもひやき
あらためて文殿をたてられ光明をかけられける
性空上人毎朝一巻経をよみ給ふ事
播磨の国書写山の性空上人ハ徳も
たつとく法花をよみて切にいはゝ一乗法
乃ねにもひ切にゆきて六根清浄しいかる

さる程ハ弘法大師求法のために入唐あり
けり時長安城の帝日中の御徳らハらん
れようとときこめ内裏に住ませあり
天王うけたまハりて亀花をとらへ礼敬
おりしも申事あらさも仏しけれ
給ふかとし三人や給ひけるハ我ハられ
日本粟散の小国の僧へこゝに又徳
則かしなんそ礼拝あるへきや
させ給ひて御門仰けるハかんちうに

信力を起すとて生身は安養界の
教主たつねまいらせて結縁し給んと
こゝろとく覚えて礼をいたしてこゝにはしめ奉らん
道場の霊地の儀式をとゝのへしくかはらす
まく参詣のこゝろさしをはこひあつく供養
しまらんと信せられたる人はまことを起す
まゐらせていつせんと心のうちに深く
うやまひて我国の大小の神祇伊勢八幡
熊野にて三所権現と祈念しけるひの

冥護(めうご)をゆるし給へとて参詣(さんけい)せし
そこの人もいちの女ともを推量(すいりやう)し
こゝろやさしと思ひあふ所は天皇(てんわう)に
けるは、総安(れう)女(さく)房とさん参詣(さんけい)の人には
さこまうて女房此人をんおいまれ
御の額(ひたい)の汝判の志ありてみるも
いりくまに任られ給へ人ともなりにくく
思ふられいとゞ御座(ござ)と志わきを出
させのふは心懐(こゝろくわい)此問(あゝと)させめをりつ見ば

無くして帰朝有て薩摩の国に舞
めしまつる海路はあらさはりなくの
このかミたにもまさりて二人やうやうかゝれは
我朝に伝法の初めとなりし一殿とまうて
にて生涯はここにさかえなんと思召ぬ
皇帝の勅ふぬ來へ参詣給ひより
いはゆる法のために鄭の次第もなし
くるしさはいふもさらなりとあはれ
かなしく心うくして思ひはかり給ひそ思

さる縁ある結縁に依り霊験のありける沖の
あらしのぼりひるゝかつきさうなとゝら
かけさらへ母を誘ひて母れいなく海とふ
かつきこえあらふ渉ひあやうき事ある
我かんちとふさかんの時かとふよ右荒へ
さんけひしけり胎内かつてまゐらんと
張判らちかてら縁くとみえさん魚ふ
りんと仏られと三人尭とうけ母りを
やうて右光ちふさんけいありて法花と

さくしもし舞躰一巻はしくしけん
其こゝろれかゝそれなるか何者にて舞の
源をしるへきはしめにはやしけるしなる
こと舞の起源はしめにふ文字[illegible]
まいの濫觴をたつねしかはいせん有[illegible]
一條の院の御宇正暦元年庚寅十月
舞の[illegible]はしめしくなるはこそいひし
その時よりいまに至るまて舞は十六人の
人数をさためて御[illegible]なくしもし[illegible]目

よゝ今の世まて不文の行儀なるを
やうに高き三人をも尊しけるとなん
なき事ともこ役八座を定
さんけいの心さしふかき人と役の
将台となしときに役ふかふかいとなんや
せむ多勢鈍根やうふ心あてなんそ
あるよしとたこはなん

新御衛役の事

中比高根寺小中八人の内衛

きゝ給ひし是(これ)によつて檀別当(えんべたう)の
僧(そう)どもをかゝへおきしかとも此極楽寺(ごくらくし)
よりも浄(しやう)も持律(ちりつ)の僧(そう)をひらくして
も経(きやう)持戒(ぢかい)の捉(おきて)を修(しゆ)せしかるところに
念仏(ねんぶつ)堂のうしろ浄門に婚しこの井
ある此井よりひとつの蛇(ゑひ)あかりいてく
僧(そう)どもをおやまし衣(い)ろをとりあけ袈裟(こうまい)を
けそかく此ことの事をひくにかふ
ある夜夕(よゆふ)まくれにはすみや此房にふみあれ此声と

とこしなへにき内よ面ありあれ
高僧の濃すことそあれ依袈とめきまて
艶色やはらかならぬをあひらの花をみ
すこしもそれさへ盛儀の御前にく
流儀ふつゝけくぬくに海く
平家はきのなれなをかくあき
我はすかされぬ水やとむ
かくれとらく遍くらくしてあひて
まれなる悪人とて世を済度せんとなり

かんちくくらとこの貴僧にてさうらふあはせ
ほんしやう経をよみたまひしか此僧坊にやどり
さてはこの僧坊さまにおはしまして本来
まことにふしきなれはやとりたまひて
かの僧ちうさしきたれはかのそのの
前宿縁僧坊同心にゆくゆくをこそ
くてこそ経にふしきのことひとつありと
やしまれしめ本の御前宿縁にならく
さみ経ふとりんまつ夢さめてとりん然

後の名所詠歌の形みなしとて己ろ
時衆にやうく道場にしてぬけがん
又中比元亨年中にも宥快といふ
覚明坊光明坊とて遁世のものと
二人善光寺にまうでけるが覚明坊餓死り
同じとやらけるがいつほふれて盲目に
なりて光明坊は中国にわたりて覚明坊
もとより海ありて東国に草庵をむすびて
念仏をすすめ時め来と修して

いそくまゝ首目に成りて命ありて〜く
ちゝさなしとくしゆくさせさ候へを
それくかけさけりふあふれゆめ乃
うらみ御家殿のこひしくしくあ
賢愚勝にいつあくのゝ涌て
いそうあしゝさんほとけれたまう
それ日のさゝうふとさあとくおも

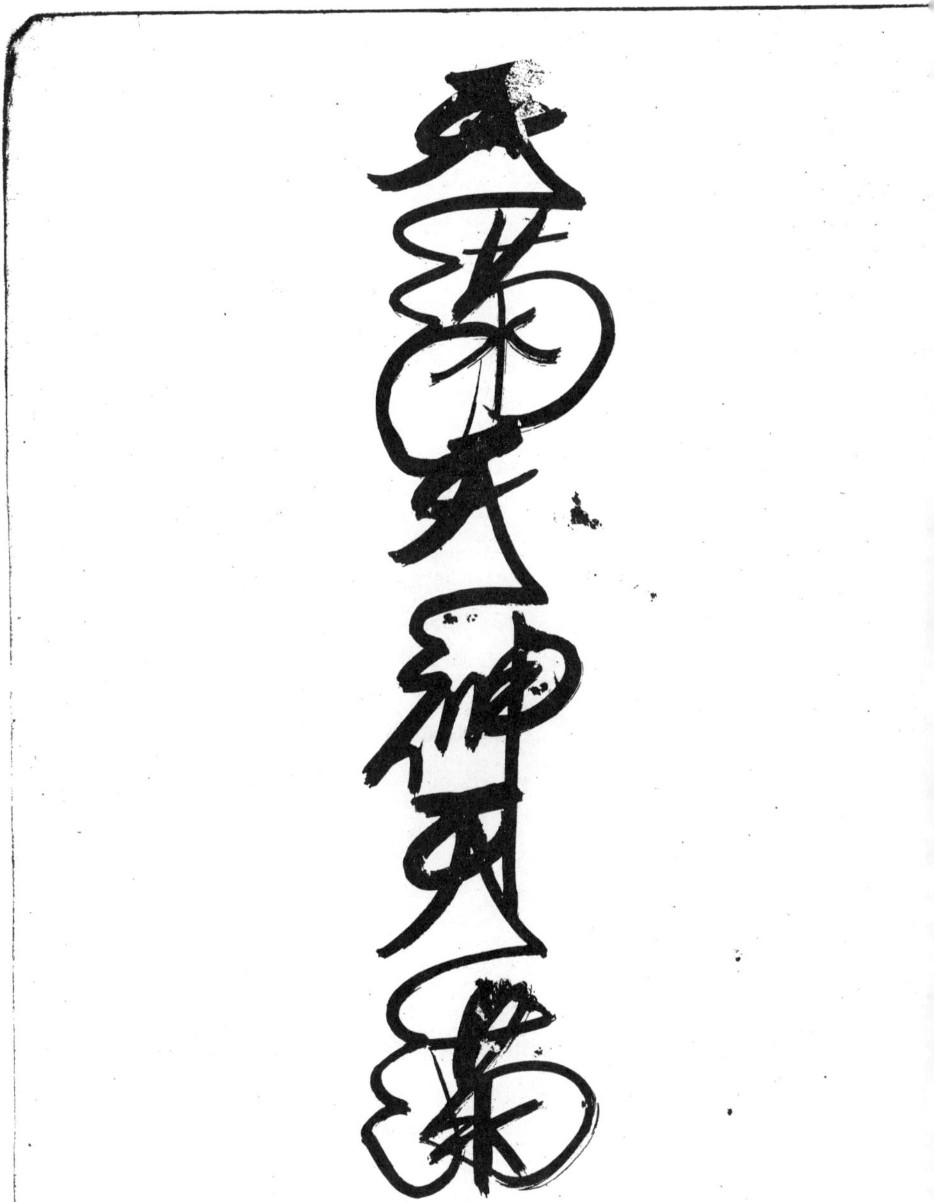

解題

『善光寺如来縁起』は、室町物語『善光寺本地』の一異本である。ただし、同じ系統の話であっても、相当に違いがある。ここに、慶應義塾図書館が所蔵する応永九年（一四〇二）写の「善光寺如来本懐」で、その内容を示すと、以下のようになる。

天竺毘舎離国の月蓋長者は、子がいなかったので釈迦如来に話して女子を一人もうけて如是御前と名付ける。如是御前が七歳の時、熱病に侵されるが、阿弥陀如来が現じてこれを救う。釈尊は金で阿弥陀仏を作った。千年過ぎると、阿弥陀仏は百済国へ飛び移り、舟によって日本へもたらされた。聖徳太子の時に、月蓋長者の生まれ変わりである本田善光に背負われて信濃国に行き、善光寺に安置された。

『善光寺本地』は諸伝本が数多く、松本隆信氏編「増訂室町時代物語類現存本簡明目録」（『御伽草子の世界』一九八二年八月・三省堂刊）の「善光寺本地（別名善光寺如来本懐）」の項には、以下のように分類されている。

A一イ慶応・応永九年写本三巻（内題「善光寺如来本懐」）　半二冊　《慶大国文学論叢二・大成八》

ロ《大日本仏教全書寺誌叢書四》（平仮名本「善光寺の縁起三巻」）

二《続類従釈家》（真名本「善光寺縁起四巻」）

《大日本仏教全書寺誌叢書四》（真名本「善光寺縁起四巻」）

B一イ[寛永]刊古活字版大本二巻（小野幸上欠）　〈室物四解題〉

ロ慶応・寛文六年写　大一冊　《大成八》

ハ国会・寛文六年奥書写本　大一冊　《大成補二》〈室物四解題〉

二　万治二年佐野七左衛門刊絵入大本三巻（赤木）　《室物四・大成八》

同右万治二年野田庄右衛門後印本（赤木）　〈室物四解題〉

同右享保三年丸屋市兵衛後印本（静嘉堂・国会・上田花月上欠）　〈室物四解題〉

国会・絵入写本零本　大一冊　〈室物四解題〉

三　市古貞次・写本　大一冊　〈室物四解題〉

四　広島大国文・元文三年写本零本　大一冊

この一覧は、基本的には松本氏の一覧をそのまま引用したが、《　》括弧内の活字本については、近年刊行されたものを補った。これらの伝本以外にも、例えば、寛文八年刊の『善光寺縁起』四巻は、目録のA二の真名本と同系統の本である。また、元禄五年刊葉山之隠士著『善光寺縁起』五巻は、後刷本も相当数存在し、「善光寺縁起」といえば、こちらを指すことが多い。それとは別に、「善光寺縁起」と称する本文の異なる写本が、きわめて多く存在している。

このように、内容が複雑な上に諸伝本も数多く、本文の系統も幾種類にも分かれるため、なかなか整理が難しい。今回影印した本は、松本氏の一覧でいうならば、A二の系統に近いところがあるようだ。

以下に、本書の書誌を簡単に記す。

所蔵、架蔵
形態、袋綴、一冊
時代、[江戸前期]写
寸法、縦二七・二糎、横二一・二糎
表紙、濃縹色表紙
外題、表紙中央上題簽に「善光寺如来縁起」と墨書
内題、ナシ
料紙、雲英入り斐紙
行数、半葉九行
字高、約二〇・七糎
丁数、墨付本文九十五丁
奥書、ナシ
印記、ナシ

室町物語影印叢刊 2
善光寺如来縁起
定価は表紙に表示しています。

平成十二年九月三十日 初版一刷発行
編 者 石川 透
発行者 吉田栄治
印刷所 エーヴィスシステムズ

発行所 ㈱三弥井書店
東京都港区三田三–二–三十九
振 替 〇〇一九〇–八–二一一二五
電 話 〇三–三四五二–八〇六九
FAX 〇三–三四五六–〇三四六

ISBN4-8382-7024-0 C3019